KB118346

아인슈타인의
달팽이

아인슈타인의 달팽이

전기철 시집

문학동네

自序

생각도 없고
순서도 따로 없는데
시의 표정이 왜 이렇게 무거운지 모르겠다.
萬嶽에 가서 물고기나 낚아볼까.
툰드라로 날아가는 고니 꼬리나 잡아볼까.

2006년 6월 남산에서
山庵 전기철

차례

5부 모자이크 방

1부 | 종이 해바라기

삼층 옥상에서 까치가 운다

삼층 옥상에서 오줌을 갈긴다.
낙하하는 줄거리는
내 혼이 자살하는 것이냐 하심하는 것이냐.
몸에서 길이 빠져나가는 순간 통쾌하고 시원하여
땅바닥을 내려다보니
욕설과 자조가 한바탕 어지럽다.
철사를 끊어내듯 몸에서 욕망을 끊으면
창자조차 쏟아질 듯 자꾸 헛구역질이 나와
떨어진 사연이 세상 속으로 흘러내려가지 못하고
나를 올려다보고 있으니
품었던 빈정거림이 모두 찔끔거린다.
자신을 안으로 들여넣지도 못한 채
엉거주춤 고목처럼 옥상에 서 있으면
흉물스런 허수아비 듯
사나운 까치들이 날아와 쫀다.

종이 해바라기

언제부터 여기 있었던가.
오래되고 헐거운 개구멍 하나
세상의 쥐들과 갈 곳 잃은 돌멩이들
허기진 바람이 드나드는
따뜻한 어둠이 웅크린 충무로 극동극장으로
얼굴 감추고 들어온
우울 한 마리
두 눈을 충혈시켜 비상등을 켜고
종이로 만든 해바라기를 키운다네.
가끔 배고픈 쥐들이 이파리를 갉고
바람이 꽃잎에 상처를 내지만
마지막 남은 숨결로
해바라기를 키운다네.
철 지난 허수아비처럼
개구멍으로 잠입하여
가슴속 해바라기를 가꾼다네.
언제부터 여기 있었던가.

세상의 개구멍 하나
꿈은 어둠 속에서 싹튼다네.

하얀 페인트로 남은 사내

오목교에서 안양으로 가는 7번 도로
지방도와 국도들이 지나가는 교차로에서
하얗게 페인트 자국으로 남은 사내
한 조각 핏기도 없이
초고속 신형 세단 앞에서도 마냥 누워 있기만 한 사내
어둠 속에서 더 선명하게
깊이 잠든 사내
하얀 페인트 큰 대자로
세상의 속도를 먹어치우나
도로 한가운데 누워
표정조차 감추고 있다.
한밤이면
속도는 더욱 깊어지고
사내는 도로 안에서 창백해질 대로 창백해진다.
트럭과 택시와 오토바이, 그리고 21세기의 모든 속도 속에서
사내는 한 점의 핏방울마저 잃는다.
핼쑥한 사내를 위해

간밤 공장 숲에서 튀어나온 오소리 한 마리
차들이 잠깐 뜸한 틈을 타
사내의 냄새를 맡고 어슬렁거리다가
빨간 피를 부어주고 저만치 껍질만 남겼다.
사내는
오소리 한 마리의 피로는 어림없이 창백해
밤이면 멧돼지며 노루, 그리고 새들까지 피를 뿌려주고 간
다고 하니
표지판을 붙일 수밖에
백색 귀신 출몰 지역
하얀 페인트 사내는
그곳을 내내 떠나지 못하다가
표지판이 세워진 후
철새 한 마리가 사내를 북쪽으로 물고 갔다.

노숙일기

가난한 밤은 길다.
수녀들이 지나가고
신부들이 지나가고
골판지 박스가 오고
신문지들이 오고
차곡차곡 쌓인 하루 위에 몸을 누이면
잠 속으로 발자국이 찍히고
아직 밥을 먹지 못한 영혼이 휘파람 소리를 키우면
소주병들이 여기저기 흩어지며
욕설을 폭죽처럼 터뜨린다.
밤은 저홀로 깊어가고
잠들지 못한 이들의 신발은
발레를 하듯 꺾이고 꺾인다. 눈을 감아도
잠은 달아나고 자꾸 알전구만 충혈되니
숫자를 세다가 그치고 그치는
밤은 정말, 천천히 걷는다.
파도 소리를 키운 잠 속

다리를 모아 지느러미를 만드니
몸 위로 지나가는 행인들의 발자국에서
가시가 돋는다.
방귀처럼 터지는 한밤
잘라온 옛 꿈속에 숨어도
아침은 영영 오지 않을 듯이

표적

나는 수없이 들킨다.
아무리 숨어도 들킨다.
집에서는 더이상 숨을 곳이 없고
거리의 술집이나 영화관에서도
머리칼은 보인다.
사람들이 쏟아지는 지하철 역사에서도
햄버거 집에서도
축구 경기장에서도
들키고 만다. 세상 어디에서도
숨을 곳을 찾지 못해 몸을 접는다.
팔과 다리를 접고 허리를 접는다.
접은 세월에서 부스럭거리는 소리가 나면
반창고를 붙이고 가위로 오린다.
그래도 들키면
여자를 안는다.
내 몸 위에서 녹아내리는 여자
나는 없고 여자만 있다.

여자의 몸에 수없이 찍히는 바코드들
자본의 도시에서는 숨을 곳이 없다.

가벼움에 대하여

　이른 아침, 한없이 순환하는 지하철을 탄다. 꿈들은 모두 나의 반대편에 앉는다. 나는 기우뚱하는 차를 견딘다. 속도가 빨라질수록 지하철은 늘 한쪽으로만 달린다. 좌석에 앉아 견디기에는 내가 너무 가볍다. 머리가 빈다. 가슴이 울렁거려 일어설 수가 없다. 뱃속에서 허한 것들이 목을 타고 올라오려는 찰나, 몸이 공중으로 뜨며 참을 수 없이 가벼워진다. 겨우 손잡이를 잡고 견디면서 이렇게 부당한 천칭 속에서 내릴 수 있을까 걱정한다.

如是我聞

—효림 선사께 길을 묻다

여자가 책을 읽는다. 우두커니 앉아 듣는다. 막힌 데 없이 듣기에 좋다. 몽롱하게 듣고 있는데 딱 멈춘다. 여자의 성난 표정으로 문장 몇 개가 구겨지고 뭉개진다. 내 과거가 너무 아프다. 다시 읽어내려가는 소리를 듣는다. 하지만 앙칼진 그림과 함께 자주 멈춘다. 딱지 진 자국에 진물이 난다. 절절히 새롭게 편집되는 구절은 문법이 맞지 않는다. 그때마다 내 운명이 사나운 걸 알겠다. 남은 몇 페이지들을 이와 같이 들어야 한다면 더이상 책은 궁금하지 않을 것이다. 나는 여자 몰래 책 속에서 빠져나와 아무도 눈치채지 못할 길을 가본다.

옛날 소설을 읽다

명동역 3번 출구를 나와 퍼시픽호텔 쪽으로 돌아선다. 오래된 세븐일레븐에서 앙칼진 아침을 뿌리치고, 총총총, 포장마차로 들어가서 일과를 샌드위치에 넣는다. 간밤의 사연이 고어처럼 귀찮다. 어묵 국물이 뱃속을 마구 휘젓는다. 천원짜리 지폐에 무겁게 얹힌 아침 패설이 너덜너덜하다. 사전 없이 몇 군데나 더 거칠 수 있을까 걱정하는데 발자국이 편집하는 길에는 마디가 많다. 십 분 거리 오르막길이 움푹움푹 파인다. 옛 안기부 터에서 횡단보도를 찾는데 아스팔트 길이 쏜살같이 커브를 돈다. 무단횡단으로 숨결이 한 옥타브 올라간다. 해피엔딩을 권하는 권말은 늘 권선징악을 원한다. 마지막 페이지로 올라서기가 두렵다.

몽타주

초인종이 운다.
인기척이 없어도 초인종은 운다.
문을 닫아도 울고 잠들어도 운다.
초인종의 외마디를 막을 길은 없다.
초인종은 뚜벅거리는 소리도 내지 않고
나를 찾아낸다.
초인종 소리를 듣지 않기 위해
오래 묵은 회한의 골방에서
나를 속이는 연습을 한다.
주워온 인형을 대신 방에 두거나
도둑의 얼굴을 몽타주 하기도 하고
여자의 얼굴을 얹기도 한다.
그래도 초인종은 나를 찾아내고 만다.
운다.
찾아와 운다.
몽타주들이 운다.
집에서 숨을 곳은 없다.

만화도시

도시는 날마다 새롭게 편집된다.
밑줄 그어진 도로를 따라
집이 생기고 마을이 생기고
산처럼 묵직한 돌이 옮겨지고
돌아서면 지워진 언덕들
기억조차 무참한 거리에서는
밤잠을 설친 문장들이 우왕좌왕
쓰러지고 꺾이고,
박제된 이름들이 제목으로 떠도는
길들은 자꾸 다시 그어진다.
낙서처럼 그려진 도표에서
종이 내장을 모두 비우고
가까스로 길을 찾아 들어
룰렛게임처럼 마디진 거리를
비우며 운다.
희망은 너무 위험하고
결백한 죄수는

아침마다 페이지를 확인한다.

성주풀이

집을 짓는다. 차도 많고 빌딩도 많은 광화문 네거리에 떡,
하니 집을 짓는다. 우선 생맥주 한 잔 하고, 코도 한 번 팅, 하
니 풀고, 청동인가 뭣이냐, 이순신 장군을 한 번 쳐다본 다음
에, 에헴, 그래도 아직 목이 덜 터졌으니, X맨—! 내 이빨 자
국이 어딨느냐, 이종격투기에 맞아 떠돌아다니는 내 이빨 자
국이 어딨느냐, 집을 짓는다. 성가신 콤마처럼 아무 데나 틀
어앉아갖고는 공짜 술이나 기웃거리는 내 이빨 자국이 어딨
느냐, 금방 집을 짓는다. 바람개비처럼 팔랑거리며 어디서 거
짓말을 수수수수, 뱉어내고 있느냐, 노무현이 대통령 짓을 하
기 싫다더라, 이건희가 삼성전자를 내놨다더라, 장동건이 영
화를 그만둔다더라, 에이, 이 천하에 육시를 할 놈, 이놈아,
천하가 생기고 나서 물 먹은 놈 물 씨는 법이고, 가진 놈 뒤가
캥기는 법이여, 광화문에 집을 짓는다. 은퇴한 여배우 심은하
가 신랑 손을 잡고 집 짓는 데서 창을 뽑는데, 이리 비틀 저리
비틀, 얼레설레, 설레발을 치는 이빨 자국 몇 개 모여드는구
나, 에이! 고놈들이 사기성이 하도 심해서 광화문으로 들어
오는 차들이 몽땅 헛기침을 해댄다. 저 숭악한 이빨들아, 다

어디를 돌아다니느라 밥하느라고 바쁠 심은하 아씨를 고생시키느냐, 드디어 심은하 아씨가 창을 뽑는데, 이골저골 빈티바지 올레올레 그치그치 숭덩숭덩 깍두기마냥 목청 한번 좋다. 영자야, 오늘 일수 얼마나 찍었냐, 저기 주머니 큰 놈들 돈 좀 빌려와라, 집을 거창하게 지어야겠다, 콧대 높은 놈들 코도 좀 베어와라, 집도 좋고 절도 좋고, 희한한 세상에 오만 사람이 다 들어갈 수 있는 집 한 채 지을란다, 어이, 대목 소목 다 모이시오, 오늘 한번 결판지게 놀아보세, 쿵덕 쿵덕—

유마힐 문병기

　밤의 깊이를 재기 위해 어둠 속에 내시경을 넣는다. 깊이 박힌 눈이 잠들지 못하고 있다. 변종의 눈이다. 수면제 루미날을 떨어뜨린다. 내성이 생긴 눈은 감았다 뜨고 감았다 뜨면서 퍼즐처럼 쌓인다. 눈은 눈을 낳아, 어둠 여기저기에 박힌다. 파편의 어둠 속에 또 한 알의 루미날을 떨어뜨린다. 누더기가 된 눈이 죽어가며 또다른 눈을 낳는다. 그러다가 새벽이 할, 할, 할, 죽통을 치면 결백을 가장한 눈이 어둠에서 빠져나온다. 천근만근 쇳덩이 하나 공중으로 솟는다.

2부 | 김소월 살인사건

까치눈

술을 마시다 화장실에 가서
거울을 보니
까치가 눈 속에서
둥우리를 틀고 앉아 있다.
마신 술의 양과 술집의
오랜 역사를 떠올리며
입김을 불다가
세수를 하고서
새롭게 거울을 봐도
까치는 날아가지 않고
서러운 표정을 쫀다.
거울 속에서
위태로운 표정들이
바뀌고 바뀌고

김소월 살인사건

인큐베이터에서 태어난 김소월은 히죽거리며 웃는다. 그런데 분명 울고 있다. 골목에 쪼그리고 앉아 있는 의자를 보고도 웃고, 아니 울고, 가게 간판이 바람에 흔들려도 울고, 아침의 호박순이나 한길의 꽁초만 봐도 웃는다. 김소월의 웃음, 혹은 울음을 고치기 위해 가족들은 병원을 전전하지만 울음, 혹은 웃음만을 키울 뿐이다.

의사는 역사적 사건에 연루된 가족 탓이라며 호적 말소하기를 권하기도 하고, 세상을 너무 조롱했으니 입을 꿰매라고 하기도 하고, 잘못된 책을 많이 읽었으니 안대를 권하기도 한다. 하지만 김소월의 웃음, 혹은 울음은 그치지 않는다.

어느 날 한 목사가 나타나 김소월의 눈을 들여다보더니 한 많은 영혼이 빙의되었다고 진단하고서는 목이 쉴 때까지 머금은 모든 말들을 뱉어내라고 한다. 김소월은 '가'에서 '하'까지 문신처럼 새겨온 단어들을 모두 뱉어낸다. 거리엔 울음, 혹은 웃음만이 떠돌고

$$\sqrt{2}$$

접힌 쪽지가 바람에 쓸려 엘리베이터 안에서 파닥거린다. 잘못 날아온 새인가. 울음이 없다. 애매한 포탄인가. 비명이 묻어 있지 않다. 중력도 없이 무한대로 올라가는 엘리베이터에서 쪽지는 재채기를 한다. 철렁, 치솟는 힘만큼 하강할 힘이 없으니 착지할 함수가 마땅찮다. 올라갈수록 속도는 상승하니 온몸이 비어가며 쪽지 안에서 목소리 잃은 비명이 쏟아진다. 여기저기 목숨들이 산만하다. 어디에도 무게를 더할 비타민은 없고 흩어진 비명들에는 철없는 문자들만 즐비하다.

꽁초

불면으로 밤이 찢기는 새벽
몸에서 담배 냄새가 난다.
꽁초가 몸에 갇혀 있기 때문이다.
몇 번 기침을 하다가
참지 못하여 물을 마시기도 하고
침을 삼키기도 하지만
불은 좀처럼 꺼질 줄 모른다.
폐의 안부가 궁금해
간밤의 불면을 조사해본다.
연기가 나오는 길을 따라
안을 들여다보면 까맣게
그을린 사연들이 곳곳에 죽어 있다.
침을 삼켜
낮 동안의 사연을 달래지만
흉터가 너무 깊게 패어 있다.
내 운명을 뚜렷이 아는
꽁초의 장난으로

아침은 늘 매캐하다.

겨울 오브제

무단횡단을 하는데 경찰이 존댓말을 한다.
더럭 겁이 난다.
간밤에 달이 하이재킹당해 조각밖에 안 남았다는
신문기사가 번쩍 스쳐간다. 참말
오늘은 무슨 변고를 당하려나.
충무로 애견센터 앞을 걷는데
미니핀 한 마리가 쏘아본다.
멈칫, 붕어빵 굽는 포장마차를 보는 척한다.
겨우 매무새를 챙기는데
찢어진 신문 쪼가리에서
지율 스님이 컥컥 밭은 기침을 한다.
가슴에 방파제 하나 설치하고 길을 재촉해도
조류독감 걸린 길은 비틀거리며
존댓말을 떼어내지 못한다.
스키드 마우스, 오돌오돌 떨고 있는
겨울 국화가 휘발성 하늘에 겁을 낸다.
거리를 비워버릴 듯이 사람들은 발길을 재촉하는데

어디로 가지.

마른 번개가 존댓말처럼 번쩍, 거리로 파고든다.

비보이는 브레이크댄스만 좋아해

딸국거리는 금요일 오후, 인사동 거리를 걸어, 인사동에는 도깨비들이 많아, 잘못 들어가면 빠져나오지도 못해, 땃따라 따라, 불두도 있고, 풍경도 있고, 염불도 있고, 앵무새도 있고, 땃따라 따라(이때 스크래치), 눈깔이 휘둥그레져, 호떡으로 납작해진 표정들이 유리창으로 내다보는 인사동 거리, 플라스틱 뱀들이 아무 데나 돌아다녀, 한국식 표정을 보이면 안 돼, 정력제 없이 돌아다니다간 혀도 빠지고 눈알도 돌아, 땃따라 따라, 여기는 인사동 거리, 머리를 빡빡 민 양키들이 활보하는 거리, 땃따라 따라, 미제 비타민을 배달해줘, 땃따라 따라, 생각을 담으면 바랑이 터지고, 마음을 먹어도 주석이 달려, 싸이도 나오고, 테이도 나오고, 지오디도 나와, 땃따라 따라, 미제 비타민을 배달해줘, 된장 냄새는 싫어, 마늘 냄새도 싫어, 싫어 싫어, 김치도 싫어, 쌀밥도 싫어, 정력제 없으면, 싫어 싫어, 미제 비타민, 꿈꾸는 비타민, 선 파워 비타민, 여기는 이라크 아닌, 대~, 한민국(강한 스크래치), 신, 난, 다

당나귀

나날이 귀가 자란다.
귀가 자랄수록 거리에서 들었던
자음들은 모음들을 만나기도 전에
안으로 들어와 내 몸 속을 떠돈다.
시끄러운 소리들 때문에
풍경조차 모자를 눌러쓴다.
귓속에 든 소리들이 쥐를 낳는다.
쥐는 지푸라기를 모으고
지푸라기는 길을 낸다.
커지는 귀를 움켜쥐려
모자를 눌러쓰다보면
넓은 대로도 귀 안에 갇힌다.
쥐똥과 지푸라기들로 난장판이 된
귀에서 낯선 세상은 자꾸 태어나고
수다는 길게 이어진다.

콜라주

　해인사에 가면 중광 스님이 닭하고 흘레를 했다는 소문이 있대여, 글씨, 돼지하고 했다등마, 아녀, 염소하고 했대여, 니기미, 누가 본 사람 있어, 성철 노스님께서 보셨대여, 그럼 성철 스님이 그걸 보고 뭐랬대여, 물이여, 했다등마

　그럼, 백담사에서 계곡에다 물건을 담그고 있었다는 기 그거여, 물건으로 새 그림을 그린 거여, 아니 물건을 붓으로 썼단 말여, 글씨, 그랬다등마, 그럼 그걸 보고 무산 스님이 뭐랬대여, 킥킥 웃기만 했대여

이 땡중아,
도시, 싸가지가 있어야 해인사고 백담사여
동해바다에서 백담사 풍경 소리가 들리고
해인사 종소리가 섬 한가운데 떠서 관세음보살을 왼다고
중광의 곯은 물건이 다시 일어설 수 있을 것이여
말을 하니 자꾸 쓸데없는 한 물건만 자꾸 생기는 거여
머리 없는 싸가지는 아미타불이여

산이 헐레벌떡 일어서면 물이 돌아나오고
물이 돌아나가면 산이 일어서는 거여
물건이 계곡에 박히든 참새 몸 속에 박히든
계곡은 날을 가려서 울지 않고
새는 나무를 가려서 앉지 않아

박물관 도시

유리창으로 내다본 세상은 너무 조용하다.

소리쳐본다.

손짓도 해본다.

볼륨이 너무 낮아

눈길조차 없다.

참을 수 없는 고요의 표정을 수집한다.

무슬림, 충치, 반야바라밀, 콘돔, 위조지폐, 민간인출입금지, 아바타, 줄기세포, 황우석, 노무현, 빈 라덴, 효림, 고니, 김영현, 싸이월드, 비보이, 박하, 장동건, 블라디보스토크, 부시의 춤, 백남준의 성기, 이승희의 젖통……

모자이크 된 에피소드들

눈빛은 너무 메말라 있다.

신호등을 켠다.

셔터를 눌러댄다.

흔적만 있을 뿐

목마른 인적으로 유리만 까칠해지고

핏기 잃은 거리는

소독약으로 황폐하다.

해인행(海印行)

여자에게 가기 위해 해인행을 타야 한다.

토요일 오후 네시 해인 가는 길

그녀를 만나기 전 몇 겹

해인 가는 길은 전철도 있고 버스도 있다.

완행과 급행이 있고 직통과 우회가 있다.

찰나와 영원의 거리

여자도 차를 타고 올 것이다.

급행과 완행 사이

한 남자와 또다른 남자 사이

사연이 적힌 노트를 넘기며 오리라. 여자는

표정 몇 개 지우고

정거장으로 오리라.

히딩크처럼 여자가 있어도 여자가 배고프다.

사나운 사주려니

서울역과 강남터미널 사이

충무로에서 머뭇거리는 동안

직행과 완행은 가고 올 것이다.

몇호선 전철을 타야 할지 모르고 있다가
로또 복권을 산다.
'자동번호로 주세요.'

영화관에서 아이를 낳다

여자는 초라해지기 시작하면
영화관에 간다.
화장실에서 담배를 피우다가
몇 마디의 기침으로 세상을 쏟고는
화장실 벽에 진한 잉크로
테러리스트의 총처럼 남자의 성기를
큼지막하게 그려놓는다.
어둔 공기가 폐 속으로 잠입하자
기침 나는 과거를 쏟고서
화장실 표정도 씻어낸 채
영화관으로 들어간다.
어둠은 늘 편안하다.
여자는 담배연기를 너무 많이 마셨는지
아픈 배를 안는다.
다리를 벌리고 낮은 신음을 뱉으며
뜨거운 고독을 하혈한다.
에피소드는 에피소드를 낳고

펑크처럼 요동치는 스토리를 따라
여자는 다리를 벌린 채
하혈을 멈추지 못한다.

살인미수

한 강도가 칼을 들고 찾아왔다.
그런데 칼이 고무다.
그의 생을 간파하고
무서워하지 않자
명치를 수없이 찔러댄다.
상처 하나 낼 수 없는
칼에 절망한 강도는
다른 칼을 꺼내고 꺼내지만
가슴에서 꺼낸
칼은 모두 힘이 없다.
색 바랜 운명이여,
성난 깃발처럼
바람을 품어야 칼은 날카로워진다네.

3부 | 인형 수술

토끼의 간

여자는 나를 늘 걱정한다. 그렇게 날마다 술을 마시고 다녀도 간은 괜찮으냐. 토끼처럼 간을 빼놓고 다닌다고 해도 곧이듣지 않는다. 간이 삭았겠지. 간 없이 다니는 게 편해. 간뎅이가 부어 보이지 않겠지. 나처럼 왜소한 사람이 간뎅이가 부으면 어떻게 세상에서 살겠어. 그러니까 늘 비굴하게 살지.

나는 여자를 자주 속인다. 하지만 여자는 간을 찾지 않고도 나를 충분히 위태롭게 한다.

아침에 집에서 나올 때면 여자 몰래 오래 묵은 책갈피 속에 간을 끼워놓는다. 그리고 실컷 술을 마시고 집에 돌아와 보면 간은 졸아들 대로 졸아들어 있다. 간을 조사해보면 여자의 성난 표정이 켜켜이 묻어 있다.

도저히 이렇게는 살 수 없어 토끼를 찾아간다. 토끼는 내간의 상태를 진찰해보고는 고개를 흔든다. 나는 토끼에게 하소연해보지만 토끼는 연신 고개만 흔들 뿐이다. 힘없이 돌아서는 등뒤로 토끼가 소리친다. 간을 너무 오래 두고 다녔어.

눈의 외출

생활의 볼륨을 줄이기 위해 잠을 청한다.
무너질 것 같은 단상들이여!
전깃불 끄듯이 눈을 감으면
한밤중
눈이 하도 가려워 만져보니
오른쪽 눈이 없다.
말도 없이 나가버린 눈에
화가 나서 어쩔 줄 모르다가
잠이 깨고 깬다.
한쪽 눈으로만 세상을 보는 것은 너무 불편하다.
어느 날
왼쪽 눈도 오른쪽 눈을 따라 외출하고 없다.
반란하기 시작한 모양이다.
눈들은 나 몰래 밤이면
어떤 풍경을 보러 가는 것일까.
너무 화가 나서 눈들이 나가고 없는 틈을 타
모든 문들을 잠가버리지만

아침이 오면
익숙한 풍경조차도 보지 못할까봐
자물쇠를 풀고 풀다 날이 새고 만다.

불뚝, 불뚝

아침에 집을 나설 때
골목 보도블록 위에서
서성이고 있던 돌멩이 하나가
저녁에 돌아올 때에는
정류장 아스팔트 위에서
발길과 발길 사이
찻길과 인도 사이에서 곡예를 한다.
오, 위태로운 자유
돌멩이의 안부가 궁금하여
저녁 내내 가슴을 졸이다가
아침 일찍 정류장에 가보니
없다. 그렇게
잊어버리고 있던
어느 날 저녁
술집 앞에서 굴러다니는 허무
다른 돌멩이이겠거니 무시하고
집으로 돌아오는 길에

자꾸 발이 무거워 제제 걷는데
교회 앞에서 또 한 돌멩이를 발견하고는
이 돌멩이가 그 돌멩이인가.
그 돌멩이가 이 돌멩이인가.
난 한달음에 도망치고 말았는데
그날 밤 명치에서 불뚝거리는 게 있어
한잠도 들지 못했다는 말을
믿을 사람이 몇명이나 될까.

택시기사 류씨, 콧구멍을 후비다

자정이 조금 넘은 시간

택시기사 류씨가 충무로를 지나며 콧구멍을 후빈다.

비만 클리닉을 다녀온 여자가 식욕억제제 주사를 맞고 와서는 나방처럼 바닥에 엎드려 파닥거리던 게 생각난다. 몸 속에 쌓인 운명이 너무 무거웠나보다. 류씨가 한마디쯤 비켜서서 여자의 식생활을 해결해주려 하는데 여자는 숨을 쉬지 못하고 컥컥거린다. 뚱뚱한 살림살이들조차 어색하게 허리를 흔든다.

신호등에 걸린 류씨가 콧구멍을 후빈다.

여자의 비만에 류씨는 남성 클리닉을 가보았다. 소화되지 않은 세상을 필연적으로 들이켜야 하는 자신 때문에 여자가 살이 찐단다. 하지만 신호등으로 온통 가득한 세상에서 점점 왜소해지는 류씨는 갈수록 날카로워져간다.

남대문 시장 쪽을 지나면서 류씨가 콧구멍을 후빈다.

사방에서 CCTV가 찍히는 길에서 류씨는 헤드라이트를 부지런히 깜박인다. 하지만 비만한 도시에서 길은 정체중이다. 불빛에서 본드 냄새가 난다. 파닥거리는 나방처럼 류씨는 헤드라이트만 깜박인다.

　류씨, 한 손가락으로 코를 탱 푼다.

풍경의 무게

세상 속으로 걸어가면
호주머니에서 십원짜리 동전들이
궁시렁거려 여간 성가신 게 아니다.
발자국보다 먼저
소리치는 동전이 귀찮아
조심조심 걷는다.
두리번거리는 눈빛보다
철렁, 먼저 걷는 동전들
호주머니에 손을 넣어
미끈한 십원짜리를 만진다.
다보탑이 차갑다.
몇 번 쓰다듬은 후
걷는다. 소리치는 동전들
다보탑끼리 보듬으며
땀을 흘리는 십원짜리들
업고 업힌다.

노숙자들

서울역 지하도 6번 출구 쪽에서
아직도 허리를 펴지 못하고
신문지 위에서 졸고 있는 이들이 있다.
'김삿갓'은 『사주팔자 인생십이진법』을 펼치고
'김두환'은 『당사주』를 머리에 괸 채
『서식백과』를 열심히 뒤진다.
오, 『방중술』을 배우지 못한 '김구'는
『육십경혈』을 눌러보며 『주역』을 껴안지만
'공자' '맹자' '노자' '장자'의 얼굴로
『관상보감』을 보며
『이름 짓는 법』에 매달려 있다.
찬바람은 휘파람소리를 내고
몇몇은 이름을 잃은 채
와불로 누워
책장 속에 똑딱똑딱
기적소리를 끼운다.
책은 여태 노숙중이다.

스티커 속에서 출구를 찾다

담배꽁초와 캔, 그리고 병뚜껑, 종이컵들이 쑥덕거리는 길목
다섯번째 전신주 골목 끝집
정희네 집으로 가는 길
　첫번째 전신주에는 정희네 집으로 들어가는 희망의 표찰
들이 붙어 있다. 시간제와 일당제가 있는 '파출박사', 무담보,
무보증, 마이너스 대출까지 가능한 '서민신용대출', 잡부, 목
수, 공그리 일꾼을 구하는 '보람인력', 혹은 산모, 간병인, 여
관 청소부를 구하는 '강서취업정보', 두번째 전신주에는 막
힌 것은 무엇이나 뚫는 '강서설비'와 속도 무제한에다 정희
엄마가 그렇게 갖고 싶어했던 김치냉장고가 무료인 '하나로
통신', 그리고 뜯긴 스티커 자국들, 세번째 전신주에는 너무
큰 팸플릿이 붙어 있어 스티커들이 보이지 않는다. 압류 보관
상품 공개 매각하는 '논노 특설 행사장'
　정희는 집에 있을까
　네번째 전신주에는 깨끗한 세상을 약속하는 '서울세탁'과
연체를 대납해주는 '혜성 신용', 24시간 배달이 가능한 '야식
전문', 편안한 실내를 약속하는 '용마장식'이 있다. 마지막

전신주에는 너무 많이 뜯겨나간 스티커들 사이에 겨우 고개
를 내민 '목민교회', '안전경호', 기초학습방법부터 가르치는
서울대생 '특별과외', 그리고 정희 필체가 선명한 '방 있음',
반지하 방 한 칸, 도시가스, 주방 있음

　이사 가려는 정희네를 이해할 수가 없다

선이의 교과서

중학교 일학년 선이의 국어교과서에는
표지가 없다.
속표지도 없고
'효율적인 사용방법'이 붙어 있는 안내 쪽도 없고
목차 한 쪽만이 겨우 반쯤 남아
또다른 목차와 함께 있다.
외상값 오만오천원, 고향 차표 둘 삼만원, 수정이 학원비
오만원, 신당동 보건소에서 '아이나' 한 병, 수정이 엄마 제
삿날 구월 이십오일
연필로 쭉 그은 합계를 보니
얼룩진 라면국물 속에서 겨우
춤추듯 그려지는 그림
'생활이 그대를 속일지라도
슬퍼하거나 노하지 말라'
선이의 국어교과서에는
아버지의 기침 소리가
김영랑의 「돌담에 속삭이는 햇발」과 안도현의 「우리가 눈

발이라면」 사이에서
위태롭게 적혀 있다.

달의 발자국

구두는 늘 혼자 오는 법이 없다.
길을 가다가
시끄러운 소리가 들려 내려다보면
지나온 발자국들이 모두 따라와 있다.
그때부터 조심조심 걷게 되었다.
남긴 발자국을 속이기 위해서다.
보도에서 껑충 뛰거나 일부러 넘어지기도 하고 엉금엉금
기어가기도 하다가
뒤돌아보면서
발자국들이 우왕좌왕하는 모습에 좋아한다.
그렇게 위태로운 걸음걸이로
집에 돌아와 대단히 편해한다.
발자국 하나 묻어 있지 않는
구두에 안심하면서 자리에 누우면
하루만큼의 아픔이
백지처럼 지워져 있다.
하지만 잠이 들라치면

질긴 발자국 하나가 여간 성가시게 하는 게 아니다.

그래서 잠도 자지 못하고

약칠을 하고 광을 내어 구두를 못살게 한다.

인형 수술

배앓이를 하는 인형을 수술한다.
배를 가르고
내장을 꺼내
오래된 표정들을 모두 걷어낸다.
갑자기 헐떡이며 숨을
몰아쉰다. 내 우울이
속을 건드렸나보다.
주책이 없다.
인형을 달래어
이라크 아이들의 눈빛과 사마리아의 십자가와
자살을 꿈꾸는 영혼을 넣는다.
인형은 조용하다.
수술을 무사히 마치고
소리치지 않는 인형을 깨운다.
하지만 일어서질 못한다.
가위를 꺼내지 않았나. 너무 무거운 약물을 주사했나.
다시 마취를 하고 배를 가르고

무표정을 달래어

보다 가벼운 정치 구호와 미국식 말투를 넣고 깁는다.

아직 깨어나지 않은 인형이

가볍게 눈뜨도록 마이클 잭슨을 흉내내는 비의 노래를 불
러주면

개운한 몸으로 일어설까.

여름날의 버지니아 울프

그녀는 새를 낳는다.
입으로 새를 낳는다.
비가 오는 날이면
입에서 나오지 않으려는 새를
손가락으로 파낸다.
입 속에서 겨우 나온 새는
침이 묻어 눈을 뜨지 못하고 날개를 파닥거린다.
깃털이 자라지 못한 새가
그녀의 품으로 기어든다.
새가 기어들 때마다
그녀는 아파한다.
혼이 긁히기 때문이다.
빗소리가 늑대 울음소리를 키우는 여름
입으로 토해낸 새는 점점 살이 찌고
골짜기처럼 여위어가는
그녀는 스스로 새가 되려고
팔을 흔들어보지만

빗방울보다 영롱한 몸에서는
생살이 뜯겨나간 흔적만
포롱, 포롱, 소리를 낸다.

한낮, 재즈 카페에 갇히다

이력서를 전해주려 한낮의 대학로를 어슬렁거리다
핸드폰도 꺼진 기다림에 지쳐
골목 사이 재즈 카페 '천년동안도'로 들어가 맥주를 마신다.
카페에는 촛불들만 꽃으로 꽂혀 있고,
사이키는 박쥐처럼 천장에 매달려 아직 낮잠을 즐긴다.
거짓 어둠이 깔린 카페 안
스콧 해밀턴의 트럼펫을 따라
'애스 롱 애스 아이 리브'를 부르는 흑인 싱어의
능청스런 목소리 사이를 걸으며
촛불을 달래고 있는데,
벽화 속에서 머리띠 한 재즈 싱어가
돌담만 돌아온 이력서를
무거운 콘트라베이스처럼 들었다 놓았다 한다.
기다려 기다려도
이력서를 가지러 오는 이는 소식이 없고
맥주는 무척이나 쓴데
촛불만이 홀로 길 잃은 가슴속 갈피를 훑고 있다.

한없이 긴 낮,
늙은 흑인 싱어의 미소를 견디기 힘들다.

4부 | 플라스틱 피플

마네킹

외출에서 돌아와 벽에 옷을 걸어놓으면 재빨리 내 옷을 입는 사나이가 있다. 사나이는 얼굴이 없다. 얼굴이 없으므로 주민등록증도 없고 주소도 없다. 위태로운 세상에서 온 게 분명하다. 사나이는 표정 잃은 주머니에 들어앉은 내 생활을 뒤진다. 나는 곧 후줄근한 일상과 낮의 사연을 들키고 만다. 옷을 빼앗으려고 안간힘을 써보지만 사나이는 한사코 옷을 벗으려 하지 않는다. 온통 내 행세를 하며 서 있는 사나이를 알아보는 이는 아무도 없다.

한번, 문을 닫고 나서면 다시는 문을 열 수 없을까 두렵다. 그래서 외출할 때면 문소리를 내지 않으려고 얼마나 조심하는지 모른다. 하지만 뒤돌아보면 내 발자국 위로 새들이 죽어 있다.

문장의 기력지

내 문장이 너무 길다고 한 평론가가 비판한다. 하지만 나는 아무런 답을 줄 수가 없다.

내 주어는 서술어를 찾아 길을 떠난다. 그러나 대문을 나선 명퇴자처럼 주어는 서술어를 찾지 못하고 서울역이나 탑골공원에서 어슬렁거린다. 그럭저럭 공짜 점심을 때우고 종로 거리에서 가게 안을 기웃거리다가 종삼공원에서 신문지처럼 떠돌며 노인들의 이런저런 과거를 훔쳐듣는다. 그러다보면 주어는 서술어를 잊어버리곤 한다.

한없이 긴 어둠의 끈을 따라 주어는 도로 집 대문 앞에 서고 만다. 그때서야 잊고 있었던 서술어를 찾으러 장롱 속을 뒤지지만 수많은 서술어에는 어미가 없다.

평론가의 비판을 누가 들을까봐, 나는 주어를 삼켜버린 채 이불을 둘러쓰고 생활을 돌아보지만 서술어가 맞지 않으니 하루가 정리될 리 없다.

그후로 나는 그 평론가를 어느 술집에서라도 만날까 두려워한다. 그리고 그 평론가가 없을 때에 나 혼자서 자위한다. 목적어나 보어가 단출하기만 했어도 결코 서술어를 잃어버리

는 일은 없었을 거라고

유리도시

한밤 내내 마신 술이 덜 깨
지하도 계단을 비틀어놓으면
충혈된 불빛이 어른하다.
푸르스름한 아침,
루소 여성의류 매장을 지나 와인 보석가게, 클리오 화장품
점에 이르러 안을 들여다본다. 가게 안에 낯선 사나이의 희미
한 그림자가 어른거린다. 자식! 걷는다. 트라이엄프 속옷, 디
엠시 십자수, 그리고 점포 정리 중인 시더블유 청바지, 그 앞
에서 한참을 서 있다가 미스젤라 액자와 세일하는 블루 구두
사이를 서성인다. 사나이를 찾는다. 대박 세일하는 쥬쥬 아동
복과 아지트 네일 아트, 청바지를 떠도는 사나이를 한참 좇다
가 도어스 휴대폰 앞에 서서 휴대폰이 울릴 때가 되었다는 생
각을 한다. 땡처리중인 샬롬 의류점과 에이치 시디점 사이에
서 전화를 기다리다 오케이 약국과 스위트 커피숍을 지나 명
동역 매표소로 간다.
잠이 아직 눈꺼풀에서
떠나지 못한

사나이에게 차표 한 장을 산다.
아랫배가 무거워온다.
배꼽 피어싱 탓이다.

탁상시계를 울리는 꼽추 아줌마

동대문역 꼽추 아줌마 좌판에서
천원짜리 탁상시계가 울음을 그치지 않는다.
꼽추 아줌마는 시계를 쓰다듬는다.
시계는 울음을 그치지 않는다.
지금 막 계단에서 내려온
양복 입은 사내가 다가오자
시계는 더 큰 소리로 운다.
사내의 눈길은 미끄럽다.
야전잠바가 탁상시계를 무심히 내려다본다.
꼽추 아줌마는 시계를 손바닥 위로 올린다.
시계는 숨을 몰아 운다.
중절모가 다가온다.
왜 그렇게 시끄럽게 울리는 거요.
꼽추 아줌마는 말없이 시계를 손으로 쓰다듬는다.
시계가 섧게 운다.
중절모가 고개를 젓는다.
의정부행 전차가 들어오자 울음소리가 묻힌다.

시계에서 눈물이 흘렀던가.

은행잎 하나가 날아와

꼽추 아줌마의 좌판에 내려앉는다.

숨 넘어갈 듯하던 울음소리가 잦아든다.

노란 은행잎은 물기에 젖어 있었던가.

꼽추 아줌마의 불안한 눈빛이 의정부행 전차의 문에 낀다.

서울 오딧세이

  달을 베어 먹었어도 허기를 채우지 못한 떠돌이 해피는 '불티' 곰장어집 쓰레기를 뒤진다. 바다 냄새는 있는데 꼼장어는 보이지 않는다. 파의 매운 맛이 입안을 돈다. 어슬렁, 또 다시 초승달을 뜯어 먹는다. 배가 출렁인다. 송혜교의 눈이 반짝이는 화장품 가게 앞에서 우두커니 서서 예쁜 눈을 바라보다가, 엉금엉금, 선지를 파는 '축산사랑' 가게 쓰레기 봉지를 뜯는다. 피냄새 속에는 뼈다귀가 없다. 배가 너무 출렁거려 어지럽다. 해피는 '오딧세이' 소줏집 골목으로 어른어른 들어간다. 너무 작게 남은 초승달을 쳐다보다가, 술냄새와 생선 냄새가 가득한 비닐봉지를 뜯는다. 한 겹, 두 겹, 생선은 없고 국화꽃 향기가 코를 후빈다. 해피가 국화꽃송이를 삼킨 것인가. 출렁이는 뱃속으로 꽃잎이 떠간다. 해피는 배를 땅에 누인다. 그 위로 이불처럼 '동일인력' 모집 광고지가 펄럭이며 내려앉는다.

어떤 꿈

　추운 날 술집 사이를 걷고 있는데 명치에서 자전거가 생겨 여간 성가신 게 아니다. 가슴이 답답하여 어찌할 바를 몰라 호프집으로 들어가 생맥주 한 잔을 들이켜자 자전거가 사이렌 소리를 내며 바퀴를 돌린다. 취기가 일수록 바퀴는 더 빨리 돈다. 화장실에 가서 자전거를 토해보려 하지만 자전거는 더 쏜살같이 돈다. 걸을수록 피멍이 들어 골목을 돌아설 때 목숨 하나씩을 버리지 않을 수 없다. 뒤를 돌아보면 버린 목숨을 물어뜯는 개들이 최후의 목숨을 노리고 있다. 덜컥, 겁이 나서 바퀴보다 빠르게 집에 이르면 여자는 마지막 남은 목숨 하나마저 빼앗으려 든다.

신당동으로 떡볶이를 먹으러 가야 한다

봄비가 갈지자로 내리는 날, 신당동으로 원조 떡볶이를 먹으러 간다. 대한극장을 지나자, 이국종 개들이, 유리창에 매달린 빗방울을 핥으려고 할딱거린다. 빗방울은 유리창에 길을 낸다. 신당동은 여기에서 얼마나 멀리 있지. 동국대 앞을 지나 광희동으로 들어서는데, 커피숍에서 나온 아가씨가, 살이 부러진 우산을 쓰고, 쫑, 쫑, 쫑, 배달을 간다. 그녀는 다리에 흙탕물이 튀긴 줄도 모른 채, 쓰레기장을 거쳐 전파사를 지나 철물점 옆 복덕방으로 들어간다. 모든 집들의 운명이 저당 잡힌, 복덕방 앞에서 그녀를 기다리며 서성이다가, 네거리에서 신당동으로 가는 길을 찾는다. 어느 쪽이지. 중얼거리는 입 속으로 빗방울이 잠입한다. 막 나온, 풀잎이 기지개 켜는 가로수 아래에서, 빗살이 가리키는 곳을 향하여, 신당동으로 간다. 하지만 신당동 떡볶이집은 어디에도 보이지 않는다. 원조 떡볶이를 암송하며 빗방울 사이를 뒤진다. 우산들이 부딪는 틈새로 숨어버린, 원조 떡볶이집은 어디에서도 찾을 수 없다. 결국 밤이 깊도록 거리를 맴돌았지만, 원조 떡볶이집은 보이지 않는다. 신당동에는, 원조 떡볶이집이 없을지도 모른다는 생각이 들 때, 비바람이 세차게 우산을 때린다.

플라스틱 피플

—2004년 삼월 신문을 보다

삼월 이른 아침 신문을 펼친다. 대통령 탄핵안 가결로 몸
싸움하는 정치인들의 사진을 보다가 대웅제약 우루사 광고로
눈을 돌린다. 한 알의 알약이 간밤의 어지러운 기분을 씻어낼
수 있을까. 한 장을 넘긴다. 잔소리는 잔소리끼리 어울린다.
찬성과 반대 사이에서 사람들은 태어나기도 하고 죽기도 한
다. 스페인 연쇄 테러, 아파트 화재로 모자 사망, 대통령 형
노건평씨 청탁 대가 입건, 신용불량자 사백만 명 육박, 눈을
하단으로 내린다. 솔표 우황청심환 속 명품 소나무가 눈에 들
어온다. 청심환은 중국 게 좋나 우리 게 좋나. 한 장을 더 넘
긴다. 공군 전투기끼리 충돌, 대우건설 남상국 사장 자살, 다
음 장으로 들어가니 아이파크의 웰빙을 꿈꾸는 김희선의 눈
빛이 가슴으로 밀려온다. 저 아파트에 당첨되면 저렇게 예쁜
여자와 잘 수 있나. 다음장에는 표정들이 표정들을 좇는다.
폭락한 주식시세표를 넘겨 오늘의 운세를 본다. 우울할 수 있
는 날이니 매사에 조심하고 또 조심하란다. 애니콜이 켜지는
곳이면 어디든 안전하다는데 사회면에서 사람들은 모두 성난
표정들이다. 오늘 하루 조심해야겠다.

다큐멘터리1
—자폐아 현중이의 귀가

차에서 내리자마자 두리번두리번, 없다, 포장마차 안을 들여다본다, 웃는다, 길을 건넌다, 한 발짝, 버스가 구불텅, 지나간다, 물러선다, 다시 길을 건넌다, 택시가 빵빵거린다, 물러선다, 발자국이 뭉개진다, 새로운 발자국을 찍는다, 길을 만들기 위해 혀를 내민다, 차들이 혓길을 내주지 않는다, 빵빵, 빠방, 버스와 트럭과 모범택시와 에스엠파이브와, 리어카, 그리고 현중이가 길을 찾는다,

그때, 마중 나온 어머니가 건너편에서 손을 젓는다, 현중이는 어머니의 손길을 따라 차 사이를 비집는다, 차들은 좀처럼 물러서지 않는다, 거리의 모든 간판들이 모이고, 눈빛들이 모인다, 현중이의 길은 아직 정체중이다,

다큐멘터리2
— 123번 버스기사 종수의 행로

광화문에서 체크무늬 짐 보따리가 탄다.
서울역에서 쌀가마니가 타고
용산에서 중고 컴퓨터가 탄다.
영등포에서는 노파의 사투리만 태우고 지나친다.
갈보의 눈빛도 탔던가.
문래동에서 고물 쇳덩이가 타더니
무거운 모퉁이를 함께 싣는다.
구로에서 다리를 건너며
안양천 철새들이 급정거를 외치지만
매연만 부린 채 아파트 사이로 달아난다.
버스는 번쩍거리는 창틈으로
새어나오는 불빛을 기다린다.
아무도 타지 않는다. 칼산에서
오갈 데 없는 바람을 태워
고척동 깊은 우울 속으로 잠입한다.
버스에서 내리지 않은 이들은
모두 어디로 갈까.

버스는 못으로 박힐 곳을 찾는데

다큐멘터리 3
— 조씨의 하루

새벽 다섯시, 어둠이 헝크러진 쪽방을 깨운다.

일 있어? 옆자리 김씨도 깨어 있다. 조씨가 더듬거리며 재채기를 한다. 어둠이 쿨럭인다. 조씨는 어제가 아직 포장된 채 곤히 잠든 남대문 시장으로 간다. 빌딩 사이를 뛰어다니던 빛이 산을 타고 내려오면 길들은 산탄처럼 흩어진다. 기침과 기침들아 담뱃내와 함께 조씨를 밀어낸다.

조씨는 남대문 시장 속 포장마차를 기웃거리다가 서울역 쪽으로 간다. 지하도 구석 빈 신문지에 몸을 눕힌다. 등으로 밀려오는 지난밤이 함께 눕는다. 엊저녁 한 잠자리로 써버린 칠천원이 너무 아깝다. 몇 방울의 종소리에 맞춰 어두운 위장 속에 밥덩이를 넣고 궁금한 밤을 위해 다시 남대문 시장으로 간다. 가게를 지날 때마다 무너지는 눈동자에는 하루분의 희망조차 보이지 않는다.

저녁 아홉시, 검은 대륙이 몸을 감추면 조씨는 쪽방을 그리워하며 몸을 눕힌다.

김치찌개 끓는 시간

나는 네가 술 취해서 한 말을 기억하고 있다. 광화문으로
비가 내리고 있는 날이었다. 코스피 지수가 요동을 치고 티브
이에서는 불과 모래가 뒤섞이는 이라크가 꽃처럼 피어나고
있를 때였다. 그때 뻐꾸기 시계가 몇 점인가 울렸다. 카운터
에서 올가가 말했다. 창문에 물고기가 헤엄치고 있어요. 너는
금방이라도 물고기를 잡을 듯이 손가락을 창에 댔다. 물고기
는 네 게슴츠레한 눈 속으로 들어오려 했고, 맥주 거품은 부
에나비스타의 퉁키타 음악처럼 흐물거렸다. 그때, 바로 그때,
너는 그 말을 했다. 올가의 물고기가 산란을 꿈꾸고 있을 때,
너는 그 말을 했다. 표정조차도 삼켜버린, 광화문 우체국 뒤,
그 현장을 나는 기억한다. 네가 술 취해 한 말을 잊어버리지
않고 있다. 올가의 물고기가 창문에서 헤엄치는 시간 속에서
호프집은 내내 젖고 있었다. 창 너머 모든 길들은 우산을 썼
다. 너는 폐가처럼 앉아 입을 뻐끔거리고 있었다. 너의 말은
호프집 빈 자리들을 채우고, 올가의 눈을 물들였다. 나는 아
직도 그 말 때문에 황당하다. 아, 씨발!

노홍철, 경찰서에 가다

한강에서 막 자살하려다가, 뭐, 거시기, 생각이 났걸랑요, 이러면 안 되겠다, 되겠단가, 가출요, 세 번, 네 번, 한 번 한 번, 집이 있는가, 아버지요, 불쌍하죠, 가끔, 전화 와요, 상관 없어요, 돈 못 내서 끊겼어요, 그러니까, 쓰러져 잔 게 열 번도 넘어요, 술에 취하기도 하고, 갈 데도 없고, 집요, 없어요, 아무 데나 자요, 나이요, 열다섯 정도로 해놓으세요, 정확히 몰라요, 그딴 것 중요하지 않잖아요, 학교 갈 것도 아닌데, 존경요, 이건희요, 돈 많잖아요, 졸라 좋겠다, 장동건도 좋아해요, 작년에 칠십억을 벌었대요, 뭐, 일어나서 오락실 가고, 오락실에서 자기도 하지 참, 우리 동네, 랄랄라 오락실요, 후져요, 라면요, 컵라면 맛 디게 없어요, 물 졸라 씨어요, 리니지 투, 만점 나와요, 졸라 재미없어요, 시간 보내는 거죠, 깔치요, 널렸어요, 밤에 나가봐요, 오천원만 주면 재워줘요, 씹새들, 껌요, 심심하니까요, 여기 디게 따뜻하네요, 엄마, 엄마요, 몰라요, 생각도 안 나요, 다른 얘기해요, 자살 안 해요, 왜죽어요, 그냥 한강 가요, 졸라 시원해요, 춥긴 해도 속이 시원해요, 대학생 누나가 도와줬는데, 정말 대학생인가, 몰라요,

그 누나 이름요, 몰라요. 그냥 재워줘요. 이제 안 와요. 몰라
요. 안 죽어요. 학교요. 별로 말하고 싶지 않아요. 말할 것도
없어요. 영어선생이 좋았는데, 다 그렇죠 뭐, 저 안 죽어요,
추운데 고기밥 되기 싫어요, 이렇게 죽으면 친구들이 웃어요,
멍청하잖아요, 아빠, 어디 있는지 몰라요, 안 올 거예요, 우리
같은 사람은 죽고 싶어도 못 죽는댔어요 아빠가, 그냥 살면
되요, 봄 되면 친구들이랑 디스코테크에서 일할 거예요, 나
이, 그깟 것 속이면 되요, 장사 한두 번 해보나요, 아, 졸려!

리허설

밤을 가장한 카페에는
촛불만 홀로 살아 있다.
전등이 가소롭게 내실에서 울고 있어도
폭, 폭, 폭, 흔들리며 솟는 열정은
벽으로 갇힌 한낮에 화살표를 긋는다.
세팅되는 하루
입 벌린 피아노가
아직 노라 존스를 만나기 전
혼자서 조명을 감당하며 걸어다니는 불꽃
밤은 몇 발자국 밖인데
쿨럭쿨럭,
자위행위를 해보지만
속은 자꾸 비어가기만 한다.
아직도 오지 않는 밤이여
꿈 없는 대낮의 어둠이여
카프리 한 병에도
고개를 숙이고 또 숙인다.

밖으로 나가기 전
리허설은 끝났는가.
조명이 하나씩 눈뜨면
저벅저벅 계단을 밟으리라.
시뻘게진 눈동자
박수가 나오기 전에 일어서야지.

빨간 대문집

　군내버스에서 내리면
　빛바래 찢어진 벽보가 먼저 맞는다.
　읍내 실내체육관 특설무대 하춘화 쇼와 성원해주셔서 감사
하다는 군수의 당선사례, 그리고 민족 경제 말살하는 한-칠레
농업협정 저지하자는
　오래된 벽보에 덧칠된
　이경해 열사 추모식 공고가
　목소리를 죽인 채 나풀거린다.
　군내버스가 떠나고
　마을로 들어서는 몇 발자국 만에
　공일만 되면 교회에 다니는 마누라가 보기 싫어 집을 나갔
다는 쩨보네를 지나 부산으로 돈 벌러 갔다 시체로 돌아온 아
들 때문에 농약 먹고 자살한 기찬씨 댁을 벗어나면
　담배꽁초들이 옹기종기 볕을 쬐는
　정씨네 효자문이 나온다.
　그리고 몇 걸음,
　논과 밭 사이 비탈을 올라가면

어린 딸을 공장에 보낸 풍선씨네 동백나무숲을 지나 서울
에서 아들이 한 번도 내려오지 않는다고 욕하는 칠갑이네
　앞 빨간 대문
　그 집에 들어서면
　파란 고무신이 한 켤레 토방에서
　혼자 논다. 좀체 문은 열리지 않고
　양철지붕만 쿨렁 소리를 내는
　그 집에서는
　바람보다 먼저 나간 아들을
　기다리는 홀어머니가 집을 채우고 있다.

고래

낙원동 '시인과 갤러리'에 가면
고래 한 마리 솟구친다.
바다를 꿈꾸는
맥주 마시는 사내,
고래가 운다.
메뉴판에 걸린
몇 마리의 꽁치와 참치와 멸치,
그리고
우울 한 마리
고래가 운다.
귤을 까면서
눈동자가 벽에 걸리면
비어가는 맥주병들은 뱃고동 소리를 낸다.
환쟁이 한 놈
시인 한 년
난로를 꽃처럼 가꾸는데
어푸어푸

거품을 뱉는 녀석
바닷물이 솟구친다.
먹물이 튄다.

5부 l 모자이크 방

모자이크 방

　내 안에는 방 하나가 있다. 소설책 한 권도 들어가기 힘든 작은 방 하나가 있다. 그 방에 한 여자를 재운다. 여자는 방이 너무 좁다며 투정이다. 내 자리마저 내주고 겨우 창문에 매달려 있으면 여자는 또다른 방을 새끼친다. 한 방이 두 방이 되고 두 방이 네 방이 된다. 그녀가 낳은 방들, 나는 기침 몇 마디씩을 뱉어놓지만, 방에서는 기척이 없다. 날이 새면 무정란의 방은 주인을 찾지 못한 채 흉터로 남아 있다. 낮 동안 내내, 잠들어 있는 여자를 깨워보지만 생활이 없는 여자가 깨어날 리 없다. 아무리 힘껏, 하루를 소모해보아도 빈 방은 채워지지 않는다.

아인슈타인의 달팽이

　내 해변으로 한 소녀가 삽입된다. 소녀는 너무 오래 동면
했는지 눈을 뜨자마자 석기시대 눈물을 떨어뜨린다. 떨어진
눈물은 달팽이처럼 자란다. 자맥질치는 무게가 날개를 달고
공중으로 솟구치는 게 돌인가 별인가. 해안이 시처럼 출렁일
때마다 소녀는 눈물을 낳는다. 눈물이 자라면서 하늘은 점점
높아가고 달팽이는 촉수를 키운다.

달마도

거울 속에서 한 사나이가 눈을 부릅뜨고 있다. 암만 봐도
내가 아니다. 모자이크 된 표정은 어디에서 훔쳐온 얼굴이냐.
스테로이드 먹은 듯 생을 간파하기 어려워 얼굴의 내력을 알
수 없다. 이목구비를 뜯어보니 도둑인가 칼잡인가. 일그러진
표정들이 나타났다 지워졌다가, 오래된 스티커처럼 찢기고
찢긴다. 뜯고 보고 뜯어보아도 사나운 사연들로 울퉁불퉁하
다. 상처 입은 표정에 화장을 한다. 파운데이션을 바르고 색
칠을 해도 찢어진 얼굴은 지워지지 않는다. 어디에서 빌려온
얼굴이냐. 쌓이고 쌓인 표정들이 무슨 까닭으로 이렇게 지독
히도 내 얼굴에 달라붙어 있느냐.

김사엽의 「김시습 연구」 독후감

공원에서 김사엽의 김시습 일대기를 읽는데, 이야기를 간섭하는 플롯이 일렁인다. 조사의 뜻을 알지 못하는 제자처럼 안절부절못한다. 노량진과 강릉, 그리고 무량사로 왔다갔다 하는 스토리에 몇몇 에피소드들이 칼날처럼 번뜩인다. 법과 법 아님 사이에 한 표정도 용납하지 않은 행각에는 바지선을 묶을 당간지주가 없다. 흘러가는 것은 스토리요, 머무르니 눈이다. 행간마다 물컹한 주석이 번거롭다.

몇 페이지를 읽지 못하고 졸다가 다시 일어나 읽어보면 김시습은 저만치 뜻 없는 주제를 바랑에 메고 가버린다. 그러면 녹슨 해설이나 읽으면서 책을 덮었다 폈다 한들 칼날에 맞선 플롯이 잡히기나 하겠는가. 책을 얼굴에 덮고 조는데,

"일어나요, 여기 차가 와요."

눈앞에서 불도저가 땅을 갈아엎는다.

한자가 마구 부서진다.

한글이 모두 뭉개진다.

판단할 찰나도 없이

얼른 몸을 피한다.

큰일날 뻔했다.

팝콘

족제비가 내 성기를 만져, 엄마!

뭐라구, 이년아! 나 바빠. 빨래하고 있는 거 몰라.

수잔, 나 돌아왔어요. 한 번만 용서해줘요.

저년이 또 복화술로 말하네. 쫓아가면 죽는다.

수잔, 용서해줘요. 그대를 한 번도 잊은 적 없소.

저놈의 가시내가 복화술 하지 말랬잖아. 니 애비같이 연극
이나 할 거야. 쫓겨나고 싶어.

내가 말한 거 아니란 말야. 티브이에서 칼이 하는 말이야.
엄마 족제비가 내 성기를 만진다고.

가스 불 좀 낮춰라.

엄마가 낮춰. 엄마, 족제비 좀 어떻게 해봐.

시끄러워, 이년아! 가스 불 낮췄냐.

돌아가세요, 칼! 한때는 당신을 원망하면서 보낸 세월이
얼만지 아세요. 이제 더이상 당신을 원망하지도 않아요.

너, 복화술 하지 말랬는데 왜 자꾸 니 애비 흉내를 내고 있
어, 엉? 니 애비처럼 평생 살래? 삼류 연극쟁이도 못 된 인간
처럼─

내가 아니라고. 족제비 좀 어떻게 해줘.

수잔, 수잔, 수잔!

엄마!

칼, 다시는 오지 마세요.

성난 수잔 아닌 엄마가 세탁실에서 나온다.

독자여, 여기에서 정지된 화면과 시퀀스를 짜보라.

'사랑이 식기 시작하면 충돌이 시작된다. 메리츠 증권'.

라임나무 치과 가는 길

한밤 내 이가 아려 일어나자마자 라임나무 치과를 찾는다.
집에서 그리 멀지 않는 곳에 있는 라임나무
치통 때문에 여름은 한없이 옹이져
부어오른 아침이 실눈도 뜨지 못한다.
내 단단한 일상이 말없이
갇히는 고통은 라임나무를 향해서 가는
나의 욕망과 비례한다.
경적도 울리지 않고 나타난 치통은
역사 속에 기록된
내 문서까지 위조한다.
라임나무를 찾는 나의 찡그린 발자국만큼
이빨은 갉힌다.
소리도 없이
표정도 없이
집과 욕망 사이에
비무장지대를 설치해놓아
라임나무는 공란에 갇히고

치통은 멈추지 않으니

고통의 영토는 줄어들지 않으리라.

소주꽃

어둠 속에서 꽃이 핀다.
꽁초처럼 옹기종기 모여든
사람들이 호호 부는 입김에서
꽃이 핀다.
꽃은 향기롭다.
사연들이 몇 번 젓가락질로 아우성치고
목구멍 속으로 독한 과거를 넘기면
몸에서 꽃이 핀다.
진달래가 피었다가 철쭉이 피었다가
텁수룩한 울음이 피었다가
밤이 피었다가
시들면 깨지는 어둠 속
새벽은 날카로워져
쨍, 유리꽃이 핀다.

(　　)

　한 번도 아이를 낳아본 적이 없는 소녀에게 장난감 기차를
선물하자 화를 낸다. 곰곰이 생각하다가 평생을 쪼그린 채 방
안에 갇힌 쉼표 몇 개를 기차에다 찍어주자, 소녀는 더 화를
내며 차창을 가리킨다. 슬픈 도시가 매달려 있다. 비밀 집회
로 가득한 도시, 기적 소리는 긴 신호음을 뱉는다. 소녀의 몸
은 온통 멍이다.

가구는 철학이다

대학에서 철학을 공부한 녀석이
가구점을 차렸다.
헤겔과 마르크스에 밑줄을 치며 밤을 새고
거리에서 개똥철학을 맥주와 함께
토하던 녀석이
장롱과 책장, 그리고 의자와 옷걸이를 판다.
방의 평수와 거실의 모양을 재고
낭만적 진실이나 허위의식조차
덤으로 끼워넣는
철학했던 녀석
보르네오 티크장이 얼마나 좋은지
소주잔을 쌓아가며 읊어대는데
철학이 술상 귀퉁이에서
퀴퀴한 젓갈 종지로 앉아 있다.
한 달 내내
한 채의 장롱도 팔지 못하고
소주잔만 늘리며

'번지 없는 주막'에 맞춰 갈지자로 걷는

녀석이 채워야 할 집

철학 대신에 쌓인 가구들 속

생은 몇 퍼센트 소외되어 있을까.

新 駑馬萬里

김학철 · 김사량 문학비를 건립하고 중국에서 돌아온 후
자꾸 배가 아프다.
앉으면 울렁거리고 걸으면 쑤신다.
조선의용군 유지를 관광으로 다녀와서겠거니
안개에 싸인 중국 길을 털어내지만
배앓이는 멈추지 않는다.
태항산을 따라
산을 오르락내리락하던 풍경도 토해내고
남장촌 군관학교 가는 길에서 회차하던 심정도
토해내고 토해내도
배앓이는 멈추지 않는다.
안개에 젖은 황하를 몇 번 건너고
미루나무숲을 몇 번 지나며
간자로 박혀왔던 두보의 고향
'노마만리' 속
國破山河在도 잊었고
家書抵萬金도 잊었다.

너무 많은 간자를 삼켰나.

석정의 가묘가 뱃속에 갇혔나.

안록산의 난처럼 부글거리는 뱃속에는

조선의용군의 태항산 전투도 없고

양김의 문학비도 없는데

아픈 뱃속에

정로환만 서너 알 떨어뜨린다.

푸른 눈썹

거창 위천 수승대
깊은 골짜기
소나무 위로 눈썹달이 뜬다.
삼월이 지나도
추위는 가시지 않아
눈썹 위로 올라서면
달도 추위를 견디지 못해
금세라도 깨질 듯하여
오돌오돌 떨다가
안간힘으로 뿌리를 내리는데
이파리 없는 가지가 돋는다.
서리가 앉은 겨울나무다.
그래도 달은
깨지지 않고 덕유산을 오른다.
오르면 오를수록 위태로우니
뿌리는 깊어지고 가지는 곧게 뻗어
산 위에서

눈썹은 파랗게 질린다.

오구굿
— 사육신 위령제

한강 철교가 무슨 죄가 있다고 허구한날 철교 위에서 한강
으로 첨벙, 몸을 던지는지, 몸이라도 깨끗하면 몰라, 시끄럽
게 하지 말고 들어봐, 목숨 중한지는 누가 모르겠어, 중한 목
숨 버릴 적에는 그만한 사정이 있겠지마는, 한강이 더럽혀지
는지는 왜 몰라, 저기 서해안 고기들이 더러운 몸뚱어리를 뜯
어 먹으면서 무슨 생각을 하겠어, 아마도, 먹었던 살점을 다
시 퀙, 하고 뱉어버릴 것이여, 여러분들, 한강 고기 잡아먹지
마시오, 큰일나, 저기 전라도 김서방이 예까지 와서 덜렁 일
자로 꽂더니, 경상도 산골짜기 이서방이 비행기처럼 몸을 날
리지 않나, 이놈도 휘익, 저놈도 휘익, 덜렁덜렁, 획획, 덜렁
덜렁, 획획, 노량진 동네 생기고 이만큼 많은 목숨을 날린 적
이 없으니, 분명 이곳이 목숨 잡아먹는 한 맺힌 귀신이 있는
게 분명해, 그러고 보니까, 여기가 그 사육신인가 뭔가 하는
몇백 년 묵은 원혼이 떠돌아다니는 곳이 아닌가, 그 귀신이
아직도 한강 철교에서 사람 목숨을 휘익, 끌어당기는 것이니,
그 원혼의 한을 풀어주지 않고는 안 되겠구나, 둥둥, 둥둥둥,
어허, 망나니 칼날에 죽은 충신이여, 학 한 마리씩 내려줄 테

니 어야 둥둥, 이 세상을 돌아보지 말고 가소, 바지선처럼 묶인 혼일랑 훌훌 풀어버리고 세상 걱정 그만 하소, 어야 둥둥, 어야 둥둥, 학아, 높이 높이 날아라, 이제 본격적으로 놀아볼 참이니까 어이, 거기 조용히들 하시오, 케빈도 왔으면, 돼지머리 올려라, 올가도 왔냐, 시루떡을 올려라, 보드카를 따라라, 휘익, 딸랑 딸랑, 방울을 울려라, 둥둥, 궁더쿵, 사람 목숨이 백 년도 안 되는데 요절을 내는 놈이 누구냐, 칼바람을 거둬라, 망나니를 몰아내라, 궁궁, 궁더쿵, 때는 이천육년하고도 춘삼월이니, 이 봄의 꽃바람처럼 훨훨 날아가소, 어, 거기, 조용히들 하소, 원혼들이 못 날아가겠다고 하지 않소, 뭣이라고, 하, 이놈의 세상이 워낙 요지경이어서 두고 갈 수가 없다고 하오, 사람들은 직장에서 쫓겨나는데, 총리는 돈 있는 놈들과 골프를 치고, 집 없는 사람들이 연탄가스 마시고 지하실에서 죽어가는데 아파트 한 채에 수십억이라고 하니, 목숨이 헌신짝 같은 세상이라, 돈 있는 놈은 힘 있는 놈과 결탁해서 칼바람을 일으키니, 세상이 걱정돼서 못 간다고, 그래도 가소, 이놈의 세상이란 원래가 그런 것이어서 배고픈

우리끼리 알콩달콩 살다보면 그 맛 또한 진국이요, 이제 애
먼 목숨 그만 잡아당기소, 둥둥, 궁더쿵, 북을 쳐라, 날라리
를 불어라, 모두 일어나시오, 다 함께 놀아봅시다, 둥둥, 궁
더쿵, 훠이 훠이

'무한히 지연되는 욕망' 의 알레고리

박찬일(시인)

들어가며

전기철의 이번 시집을 관류하는 열쇠어들은 욕망, 여자, 대도시, 분열 들이다. 이것들이 상호관계적으로 존재하며 시집에 다층적 의미를 부여한다. 욕망은 대도시와 관계 있고, 또한 여자와 관계 있다. 여자에 대한 욕망(혹은 여자가 야기하는 욕망)과 대도시가 야기하는 욕망은 필연적으로 분열과 관련을 맺는다. 욕망은 끊임없는 욕망이지만 파편적 세계가 야기하는 '파편적' 끊임없는 욕망이기 때문이다. 파편은 분열과 인접의 관계에 있다.

그래서 또다른 열쇠어들이 비움, 혹은 치유이다. 비움은 욕망의 비움이고 치유는 욕망(혹은 분열)의 치유이다. 비움과 치유 또한 인접의 관계에 있다.

'여자' : 채워지지 않은 욕망의 알레고리

전기철은 최근의 한 인터뷰에서 '여자가 두렵다 ; 여자가 없으면 못 산다'라는 상호저촉되는 말을 하였다.[1] 이 말을 '어머니가 두렵다 ; 어머니가 없으면 못 산다'로 바꿀 수 있고, '아내가 두렵다 ; 아내가 없으면 못 산다'로 바꿀 수 있다. 어머니와 아내는 무서운 존재이면서, 또한 없으면 '살기 힘든' 존재이기 때문이다. 어머니와 아내는 감시 제한 처벌하는 존재이면서, 동시에 사랑을 퍼부어주는 존재이기 때문이다.

문제는 '공짜 사랑이 아닌 사랑'이다. 어머니의 치마폭을, 아내의 치마폭을, 벗어나면 안 되는 사랑이다.

오이디푸스 콤플렉스로 설명할 수 있다. '오이디푸스 상황 Oedipus-Situation'은 어머니를 사랑하고 아버지를 적대시하는 상황에 대한 명명이다. 이런 오이디푸스 상황은 그후 아버

---

1) 상세히 인용하면 다음과 같다. "저에게 여자는 하나의 문화 코드입니다. 저는 여자를 두려워합니다. 여자를 그리움의 대상이나 사랑의 대상으로 생각해본 적이 없습니다. 여자에게서 마녀 이미지를 느꼈는지도 모릅니다. 하지만 아이러니하게도 저는 여자가 없으면 못 살 것입니다."(전기철·공광규 대담, 「채워지지 않는 집, 혹은 화두」, 『현대시』 2005년 12월호, 182쪽)

지로의 동일시과정을 겪으면서 극복된다. 아버지로의 동일시 과정을 겪지 못할 때 오이디푸스 상황은 오이디푸스 콤플렉스로 발전(?)한다. 전기철에게는 닮아야 할 '아버지'가 존재하지 않았던 것으로 보인다. 아버지의 자리 또한 어머니가 대신해야 했던 것으로 보인다. 규율 규범의 아버지의 역할을 또한 어머니가 떠맡아야 했던 것으로 보인다. 규율 규범의 어머니의 역할은 결혼한 후에는 '아내'가 떠맡은 것으로 보인다. 아내는 어머니와 달리 처음부터 '사랑의 여자'이면서 동시에 규율 규범의 여자이다. 규율 규범의 여자와 '징벌의 여자'는 인접의 관계에 있다. 규율 규범을 벗어나면 아내는 사랑의 여자가 아닌 '징벌의 여자'가 된다.

전기철의 '큰 여자'에 대한 언급은 이 점에서 이해가 간다.

큰 여자를 만나야 할 것 같아요.[2]

"큰 여자"는 '오이디푸스 상황'에서 무한대의 사랑을 쏟아 부어주던 어머니 같은 여자이다. 그 이후의 규율 규범의 아버지의 역할까지 떠맡은 어머니가 아닌. 그리고 그 이후의 '사랑과 징벌'의 아내가 아닌. 규율 규범의 여자·징벌의 여자에

---

2) 같은 글, 183쪽.

대한 시를 보자.

여자가 책을 읽는다. 우두커니 앉아 듣는다. 막힌 데 없이
듣기에 좋다. 몽롱하게 듣고 있는데 딱 멈춘다. 여자의 성난
표정으로 문장 몇 개가 구겨지고 뭉개진다. 내 과거가 너무 아
프다. 다시 읽어내려가는 소리를 듣는다. 하지만 앙칼진 그림
과 함께 자주 멈춘다. 딱지 진 자국에 진물이 난다. 절절히 새
롭게 편집되는 구절은 문법이 맞지 않는다. (……) 여자 몰래
책 속에서 빠져나와 아무도 눈치채지 못할 길을 가본다.
———「如是我聞—효림 선사께 길을 묻다」 중에서

"책"은 시적 화자의 인생이다. 혹은 시적 화자의 운명이다.
"여자"는 징벌의 여자이다. 혹은 시적 화자의 운명을 새롭게
편성하고 있는 여자이다. 시적 화자는 여자가 읊어주는 대로
인생을 살아야 한다. 여자가 읊어주는 대로 인생을 살지 않으
면 징벌을 받는다. "문장 몇 개가 구겨지고 뭉개진다"라고 한
것이 그것이다. "딱지 진 자국"도 징벌의 '딱지 진 자국'이다.
물론 여자로부터 도망칠 수 있다. 규율 규범의 여자·징벌
의 여자로부터 도망칠 수 있다. 맨 끝에서 "여자 몰래 책 속
에서 빠져나와 아무도 눈치채지 못할 길을 가본다"라고 하였
다. 물론 결론은 "숨을 곳은 없다"이다.

초인종이 운다.

인기척이 없어도 초인종은 운다.

문을 닫아도 울고 잠들어도 운다.

초인종의 외마디를 막을 길은 없다.

초인종은 뚜벅거리는 소리도 내지 않고

나를 찾아낸다.

(……)

집에서 숨을 곳은 없다.

—「몽타주」 중에서

"초인종"을 여자가 누르는 초인종이라고 보는 것이다. 혹은 여자의 '징벌의 초인종'이라고 보는 것이다. "초인종의 외마디를 막을 길은 없다"고 한 것은 여자의 비명을 막을 길이 없다고 한 것이다. 여자의 징벌을 막을 길이 없다고 한 것이다. 여자는 걸을 때 "뚜벅거리는 소리도 내지 않"는다. 무엇보다도 "집에서 숨을 곳은 없다"고 하였다.

이 점에서 또한 주목되는 시가 「마네킹」이다.

외출에서 돌아와 벽에 옷을 걸어놓으면 재빨리 내 옷을 입는 사나이가 있다. 사나이에겐 얼굴이 없다. 얼굴이 없으므로 주민등록증도 없고 주소도 없다. 위태로운 세상에서 온 게 분

명하다. 사나이는 표정 잃은 주머니에 들어앉은 내 생활을 뒤
진다. 나는 곧 후줄근한 일상과 낮의 사연을 들키고 만다. 옷
을 빼앗으려고 안간힘을 써보지만 사나이는 한사코 옷을 벗으
려 하지 않는다. 온통 내 행세를 하며 서 있는 사나이를 알아
보는 이는 아무도 없다.

　한번, 문을 닫고 나서면 다시는 문을 열 수 없을까 두렵다. 그
래서 외출할 때면 문소리를 내지 않으려고 얼마나 조심하는지
모른다. 하지만 뒤돌아보면 내 발자국 위로 새들이 죽어 있다.

—「마네킹」전문

　두 개의 자아가 있는 것처럼 보인다. 집 안의 자아와 "외출
에서 돌아" 온 자아이다. 외출에서 돌아온 자아의 "옷을 입는"
자아가 집 안의 자아이다. 외출에서 돌아온 자아와 집안의 자
아는 적대적 관계이다. 집 안의 자아는 "얼굴"도 "없"고, "주
민등록증도 없고 주소도 없"으므로 '제2의 자아', 즉 도펠갱
어(Doppelgänger)라고 할 수 있다. 그런데 여기서 도펠갱어
는 욕망의 자아가 아닌, '규율 규범의 자아'이다. 외출에서
돌아온 자아의 "주머니"를 "뒤"지기 때문이다. 외출에서 돌
아온 자아는 "곧 후줄근한 일상과 낮의 사연을 들"킨다고 하
였기 때문이다.

　집 안의 자아, 제2의 자아, 도펠갱어를 '규율 규범의 여

자·징벌의 여자'로 볼 수 있다. 여자가 남자의 주머니를 뒤져 낮의 不淨한 사연을 알아내어 남자를 징벌하는 보편적 사회적 맥락과 일치시키는 것이다. 시적 화자를 不淨한 남자로 보는 것이다. 문제는 시적 화자가 이러한 '제2의 자아'에 의해('여자'에 의해) 검열당하는 삶을 포기할 생각이 없다는 것이다. 후반부에서 "문을 닫고 나서면 다시는 문을 열 수 없을까 두렵다"고 하였다. 다시 돌아오고 싶다고 한 것이다. "문소리를 내지 않으려고" 하는 것은 나간 흔적을 남기지 않으려는 시도이다. 혹은 감쪽같이 이중적 삶을 구가하려는 시도이다.[3]

그렇다. 문제는 여자가 없으면 살지 못하는 전기철이다.[4] "여자가 있어도 여자가 배고프다"(「해인행(海印行)」)라고 말하는 전기철이다. 다음과 같이 말할 수 있을까.

'비워내지 못하는 것이 있으니 그것은 여자이다. 여자 그 자체이다. 여자 그 자체라고 한 것은 칸트의 물 그 자체처럼 알 수 없는 영역이기 때문이다. 혹은 마셔도 마셔도 다시 마셔야 하는 물과 같기 때문이다. 여자는 전기철에게 채워지

---

3) 이러한 시도는 성공하지 못하고 있다. 증거는 "발자국 위로 (……) 죽어 있"는 "새들"이다. 새는 '영혼'을 상징한다. 이중적 삶으로 서서히 파괴되어가는 전기철의 영혼을, 아니면 전기철의 이중적 삶으로 파괴되는 또하나의 영혼을. 또하나의 영혼은 이를테면 '가족'(혹은 여자) 같은 것이다.
4) 각주 1) 참조.

지 않는 욕망의 구체화이다. 채워지지 않는 욕망의 알레고리이다.'

이러한 해석을 뒷받침하는 것이 앞에서 인용한 바 있는 전기철의 다음과 같은 말이다.

> 저에게 여자는 하나의 문화 코드입니다. (……) 여자를 그리움의 대상이나 사랑의 대상으로 생각해본 적이 없습니다.[5]

'여자를 찾는 것'을 현대 소비사회가 끊임없이 야기하는 욕망의 알레고리로 보는 것이다. 시 「표적」에서의 다음과 같은 말도 주목된다.

> 여자의 몸에 수없이 찍히는 바코드들
> 자본의 도시에서는 숨을 곳이 없다.
>
> —「표적」 중에서

여자와 "자본의 도시"를 동일시한 것이다. 여자가 일으키는 욕망과 자본의 도시가 일으키는 욕망을 동일시한 것이다. 다음에서 '사나이'도 여자와 같다.

---

5) 각주 1) 참조.

루소 여성의류 매장을 지나 와인 보석가게, 클리오 화장품 점에 이르러 안을 들여다본다. 가게 안에 낯선 사나이의 희미한 그림자가 어른거린다. 자식! 걷는다. 트라이엄프 속옷, 디엠시 십자수, 그리고 점포 정리 중인 시더블유 청바지, 그 앞에서 한참을 서 있다가 미스젤라 액자와 세일하는 블루 구두 사이를 서성인다. 사나이를 찾는다. 대박 세일하는 쥬쥬 아동복과 아지트 네일 아트, 청바지를 떠도는 사나이를 한참 좇다가 도어스 휴대폰 앞에 서서 휴대폰이 울릴 때가 되었다는 생각을 한다. 땡처리중인 샬롬 의류점과 에이치 시디점 사이에서 전화를 기다리다 오케이 약국과 스위트 커피숍을 지나 명동역 매표소로 간다.

　　잠이 아직 눈꺼풀에서

　　떠나지 못한

　　사나이에게 차표 한 장을 산다.

　　　　　　　　　　　　　　　　　—「유리도시」중에서

　벤야민이 언급했던 보들레르 시대의 '빠리 아케이드'를 떠올리게 하는 시이다. "사나이"는 대도시의 사나이이다. 대도시의 사나이는 끊임없이 지연된다. "클리오 화장품점"의 "낯선 사나이의 희미한 그림자"가 "청바지를 떠도는 사나이"로 지연되고, 청바지를 떠도는 사나이는 "잠이 아직 눈꺼풀에서

/떠나지 못한" "명동역 매표소"의 "사나이"로 지연된다. 끊임없는 지연은 물론 끊임없는 욕망 때문이다. 욕망 또한 "루소 여성의류" "와인 보석" "클리오 화장품" "트라이엄프 속옷" "디엠시 십자수" "시더블유 청바지" "미스젤라 액자" "블루 구두" "쥬쥬 아동복" "도어스 휴대폰" "샬롬 의류" "에이치 시디" "스위트 커피" 등으로 끊임없이 지연된다. 나는 '욕망하는 나'일 뿐이다. 압권은 "휴대폰이 울릴 때가 되었다"라는 표현. 휴대폰이 울릴 때까지 나는 '확정되지 못한 나'이다. 휴대폰 역시 나를 끊임없이 지연시키고 있다.

대도시시 「당나귀」

「유리도시」는 대도시시에 속한다. 또 한 편의 빼어난 대도시시가 있다.

나날이 귀가 자란다.
귀가 자랄수록 거리에서 들었던
자음들은 모음들을 만나기도 전에
안으로 들어와 내 몸 속을 떠돈다.
시끄러운 소리들 때문에

풍경조차 모자를 눌러쓴다.

귓속에 든 소리들이 쥐를 낳는다.

쥐는 지푸라기를 모으고

지푸라기는 길을 낸다.

커지는 귀를 움켜쥐려

모자를 눌러쓰다보면

넓은 대로도 귀 안에 갇힌다.

쥐똥과 지푸라기들로 난장판이 된

귀에서 낯선 세상은 자꾸 태어나고

수다는 길게 이어진다.

　　　　　　　　　　　　　—「당나귀」전문

　"자음"은 분열 파편의 자음이고 "모음"은 조화 완전의 모음이다. 분열 파편의 자음이 "귀"를 통과하여 "몸 속을 떠돈다"고 하였다. 문제는 외부의 세계("거리"의 세계)를 모음을 만나기 전의 자음의 세계라고 한 것이다. "시끄러운" 대도시의 "소리"를 자음의 세계라고 한 것이다. 시적 화자는 "모자를 눌러"쓰지만 그 시끄러운 소리들로부터 도망칠 수 없다. 아니, 시적 화자도 시끄러운 거리, 시끄러운 소리 그 자체가 된다. 시끄러운 소리, 시끄러운 거리의 구체화가 "쥐"이다. 시끄러운 소리, 시끄러운 거리는 귀를 통과하면서 쥐가 되었다. 귀가 '세상의 귀'라고 한다면, 쥐는 세상에 반응한 '시적 화자의 쥐'이다. 외부의 귀가 내부의 쥐가 되었다.

간단히 말해 세상에 대한 시적 화자의 부정적 인식이다. 세상이 시적 화자의 머리에 쥐가 나게 하였다고 한 것과 같다. 문제는 이러한 부정적 세상에서 시적 화자가 빠져나갈 수 없다고 한 것이다. 부정적 세상에 동화될 수밖에 없다고 한 것이다. "귀에서 낯선 세상은 자꾸 태어"난다고 하였다. "수다는 길게 이어진다"고 하였다. 수다는 '세상의 시끄러운 소리'이다.

알다시피 벤야민은 체험과 경험을 구분하였다. 경험은 잊혀지지 않는 경험이고 체험은 곧 잊혀지는 체험이다. 시골의 '조화 완전의 경험'이고 대도시의 '분열 파편의 체험'이다. 대도시의 시끄러운 소리들은 사람들의 내부에서도 시끄러운 소리를 형성할 뿐이다. 곧 잊혀질 체험을 형성할 뿐이다. "넓은 대로"가 대도시의 대로이다(대로를 강조해서 넓은 대로라고 하였다). "쥐똥과 지푸라기들로 난장판이 된" 대도시의 대로이다. 쥐똥과 지푸라기들로 난장판이 된 넓은 대도시의 대로가 '경험'을 형성할 수 없다. 추억을 동반할 경험을 형성할 수 없다. 금방 잊혀지고 말 체험을 형성할 뿐이다.[6]

「당나귀」는 대도시와 인간의 불화, 대도시와 인간의 분열을 노래하였다. 그러나 대도시에서 도망칠 수 없다고 하였다.

당나귀 귀의 안과 밖이 구분되기 힘들듯, 당나귀 귀는 커서 대부분의 소리가 그냥 들어올 수밖에 없듯, 인간은 대도시에 무방비로 노출되어 있다고 하였다. 달리 말하면 대도시가 욕망의 세목들이 무수히 깔린("쥐똥과 지푸라기들로 난장판이 된") 욕망의 대도시라고 한다면 인간은 그 욕망의 대도시에 무방비로 노출되어 있다고 하였다.

대도시의 분열된 삶

'주어와 서술어가 서로 떨어져 있다'고 한 것도 분열을 표현한 것이다. '그곳'이 대도시라면 대도시의 분열된 삶을 표

---

6) 「다큐멘터리2—123번 버스기사 종수의 행로」가 체험의 대도시·망각의 대도시를 적나라하게 보여주고 있다. "광화문에서 체크무늬 짐 보따리가 탄다. / 서울역에서 쌀가마니가 타고 / 용산에서 중고 컴퓨터가 탄다. / 영등포에서는 노파의 사투리만 태우고 지나친다. / 갈보의 눈빛도 탔던가. / 문래동에서 고물 쇳덩이가 타더니 / 무거운 모퉁이를 함께 싣는다. / 구로에서 다리를 건너며 / 안양천 철새들이 급정거를 외치지만 / 매연만 뿌린 채 아파트 사이로 달아난다."(「다큐멘터리2—123번 버스기사 종수의 행로」 중에서) "버스기사 종수"에게 대도시의 여러 물상들은 '스쳐 지나가는 체험'의 물상들이고, '금방 잊어먹고 마는 망각'의 물상들이다. 이 시에서 또 하나 주목되는 것은 병렬양식이다. 나열된 물상들 사이에, 혹은 행과 행 사이에, 상호 긴밀한 연관성이 존재하지 않는다. 한두 개의 행을 임의로 빼도 상관이 없고, 순서를 바꾸어도 상관이 없다. 병렬양식은 대도시시의 특징적 양식이다.

현한 것이다.

내 주어는 서술어를 찾아 길을 떠난다. 그러나 대문을 나선
명퇴자처럼 주어는 서술어를 찾지 못하고 서울역이나 탑골공
원에서 어슬렁거린다. 그럭저럭 공짜 점심을 때우고 종로 거
리에서 가게 안을 기웃거리다가 종삼공원에서 신문지처럼 떠
돌며 노인들의 이런저런 과거를 훔쳐듣는다. 그러다보면 주어
는 서술어를 잊어버리곤 한다.

한없이 긴 어둠의 끈을 따라 주어는 도로 집 대문 앞에 서
고 만다. 그때서야 잊고 있었던 서술어를 찾으러 장롱 속을 뒤
지지만 수많은 서술어에는 어미가 없다. (……) 서술어가 맞
지 않으니 하루가 정리될 리 없다.

—「문장의 기력지」 중에서

분열된 삶에 대한 아름다운 알레고리가 아닐 수 없다. 주
어가 서술어를 찾아 길을 떠났지만 "서울역이나 탑골공원"
어디서도 찾지 못한다. "장롱 속을 뒤지지만 수많은 서술어
에는 어미가 없다"고 한 것도 서술어를 찾지 못했다고 한 것
과 같다. 어미가 없는 서술어는 온전한 서술어가 아니기 때문
이다. 어미를 주어적 의미에서의 어미(母)라고 한 것으로 볼
수 있다. 집 안에서 수많은 서술어를 찾아냈지만 이번에는 주

어가 없는 것이다. 밖에서는 주어가 있고 서술어가 없고, 안에서는 서술어가 있고 주어가 없는 형국이다. 두 경우 다 온전치 못한 상황이다. 온전하지 못한 상황 또한 '분열된 상황' (혹은 분열된 삶)과 인접의 관계에 있다. 온전하지 않은 상황은 온전한 상황을 그리워하기 때문이다.

전기철이 집 안에서 주어의 역할을 하지 못한다고 한 것으로 볼 수 있다. 전기철이 주어의 역할을 하는 것은 집 밖에서일 뿐이라고 한 것으로 볼 수 있다. 집 안과 집 밖이 다르니 여기에도 '분열'이 지배하고 있다.

'있는 그대로' 전기철이 서술어를 찾아다니는 상황으로 볼 수 있다. 서술어를 욕망의 대상(물론 대도시에서의 욕망의 대상이다), 혹은 '여자'로 보는 것이다.

뒤돌아보는 자아, 성찰하는 자아도 분열과 관계 있다. 인간은—다른 생물과 달리—외부세계를 '대상적으로' 보는 존재이다. 자기 자신도 대상적으로 보는 존재이다. 나아가 인간은 외부세계를 대상적으로 보고 있다는 것을, 자기 자신을 대상적으로 보고 있다는 것을, 다시 대상화시킬 줄 아는 존재이다. 인간은 끝없이 분열될 줄 아는 존재이다.

술을 마시다 화장실에 가서
거울을 보니

까치가 눈 속에서

둥우리를 틀고 앉아 있다

—「까치눈」 중에서

　자신을 돌아다보고 있다. "까치"는 성찰하는 자아이다. 무엇을 했는지 무엇을 안 했는지, 무엇을 잘했는지 무엇을 못했는지.

　또 하나의 수작(秀作)은 「눈의 외출」이다.

한쪽 눈으로만 세상을 보는 것은 너무 불편하다.

어느 날

왼쪽 눈도 오른쪽 눈을 따라 외출하고 없다.

반란하기 시작한 모양이다.

눈들은 나 몰래 밤이면

어떤 풍경을 보러 가는 것일까.

—「눈의 외출」 중에서

　"오른쪽 눈"과 "왼쪽 눈"의 분열이 아니다. 눈들의(오른쪽 눈과 왼쪽 눈) "외출"에 대한 의미 부여이다. 눈들이 "나 몰래 밤이면/어떤 풍경을 보러" 간다고 하였다. 낮과 밤의 분열, 집 안과 집 밖의 분열이다. 이항대립은 한쪽에 우위를 부여하는 이항대립이었다. 현상/본질, 현세/내세에서 본질과 내세에 우위를 부여하는 이항대립이었다. 육체/정신, 자연/인간에서 정신과 인간에 우위를 부여하는 이항대립이었다. 전기철의 분열은 한쪽에 우위를 부여하는 이항대립의 분열이 아니다. 낮과 밤의 불화 그 자체이다. 집 밖과 집 안의 불화 그 자체이다. 낮과 밤의 공존불가능이고 집 밖과 집 안의 공존불가능이다. 전기철은 이러한 본인의 삶을 "위태로운 자유"라고 명명하였다.

아침에 집을 나설 때
골목 보도블록 위에서
서성이고 있던 돌멩이 하나가
저녁에 돌아올 때에는
정류장 아스팔트 위에서
발길과 발길 사이
찻길과 인도 사이에서 곡예를 한다
오, 위태로운 자유
돌멩이의 안부가 궁금하여
저녁 내내 가슴을 졸이다가
아침 일찍 정류장에 가보니
없다.

"골목 보도블록 위"의 "돌멩이"가 "정류장 아스팔트 위"의 돌멩이가 될 수 있다고 하였다. "없"어질 수도 있다고 하였다. 위태로운 자유를 사는 전기철 본인의 삶에 대한 알레고리라고 할 수 있다. 혹은 우리 시대의 문화 코드에 대한 표현으로서 무한히 지연되는 욕망에 대한 알레고리라고 할 수 있다.

비움·치유에 대한 기대

욕망의 비움·욕망의 치유에 대한 기대가 전혀 없는 것은 아니다. 서시 「삼층 옥상에서 까치가 운다」와 두번째 시 「종이 해바라기」 들이 비움·치유에 대한 기대를 표명한 시편들이다. 비움의 미학·치유의 미학을 보여주고 있다.

삼층 옥상에서 오줌을 갈긴다
낙하하는 줄거리는
내 혼이 자살하는 것이냐 하심하는 것이냐.
몸에서 길이 빠져나가는 순간 통쾌하고 시원하여
땅바닥을 내려다보니

욕설과 자조가 한바탕 어지럽다.

　　　　　　　　　—「삼층 옥상에서 까치가 운다」중에서

"자살"도 비우는 일이요(자살은 욕망에 종지부를 찍는 일이
다), "하심"도 비우는 일이다. "오줌"누는 것도 비우는 일이
다. 오줌누지 않고 어찌 살 수 있으랴. 비우지 않고 어찌 살
수 있으랴. 매일 스스로를 죽이지 않고, 매일 하심하지 않고
어찌 살 수 있으랴. '오줌을 눈다'라고 하지 않고 "오줌을 갈
긴다"라고 한 것은 비움의 능동성을 강조한 것이다. 비우는
일은 그리고 "욕설과 자조"를 비우는 일이다. "통쾌"해지고
"시원"해지는 일이다.

전기철은 그런데 '살 수 없는 자'의 노래를 이어 부르고
있다.

　　　철사를 끊어내듯 몸에서 욕망을 끊으면
　　　창자조차 쏟아질 듯 자꾸 헛구역질이 나와
　　　떨어진 사연이 세상 속으로 흘러내려가지 못하고
　　　나를 올려다보고 있으니

통쾌하지 않은, 시원하지 않은 삶을 살고 있다고 하고 있
다. "욕망"을 내보내지 못하고 욕망을(혹은 "사연"을) 품고 있

143

다고 하고 있다. 욕설과 자조를 품고 있다고 한 것과 같다. 자살시키지 못한 것, 하심시키지 못한 것을 품고 있다고 한 것과 같다. 비움이 어렵다고 한 것과 같다. 그러나 전기철은 시인이다. 쏟아내지 못한 오줌을 詩로써 쏟아내고 있다고 할 수 있다. 자살시키지 못한 것, 하심시키지 못한 것을 詩로써 자살시키고 하심시키고 있다고 할 수 있다. 요컨대 비움의 미학은 시의 내용과 관계 있고, 치유의 미학은 '시 그 자체'와 관계 있다. 시는 전기철의 구원이다. 이 점에서 주목되는 시가「종이 해바라기」이다. 치유의 미학으로서의 시를 강조하고 있다.

> 두 눈을 충혈시켜 비상등을 켜고
> 종이로 만든 해바라기를 키운다네.
> (……)
> 가슴속 해바라기를 가꾼다네.
> 언제부터 여기 있었던가.
> 세상의 개구멍 하나
> 꿈은 어둠 속에서 싹튼다네.
>
> ─「종이 해바라기」중에서

"해바라기를 키"우는 것은 마음을 비워내는 것이다. 해바라기만큼 마음이 비워지는 것이다. 그리고 해바라기는 '종이 해바라기'이므로 가상의 해바라기이다. 시 한 편과 같다. "세상의 개구멍" 같은 역할을 한다. 마음을 비워내는 역할, 무엇보다도 마음을 치유하는 역할을 한다. "꿈은 어둠 속에서 싹튼다"고 한 것은 시가 어둠 속에서 싹튼다고 한 것이다. 역시 치유의 미학으로서의 시를 강조하고 있다. '싹'은 희망이다. 희망은 치유 그 자체이다.

어둠은 '상처'라고 할 수 있다. 전기철은 개인의 상처만 터뜨리지 않는다. 타인의 상처도 터뜨리고 사회의 상처도 터뜨린다. 타인의 상처에도 주목하고 사회의 상처에도 주목한다. 가령「노숙일기」는 시대의 상처에 주목한 것이고,「하얀 페인트로 남은 사내」는 타인의 상처에 주목한 것이다.

골판지 박스가 오고
신문지들이 오고
차곡차곡 쌓인 하루 위에 몸을 누이면
잠 속으로 발자국이 찍히고
아직 밥을 먹지 못한 영혼이 휘파람 소리를 키우면
소주병들이 여기저기 흩어지며
욕설을 폭죽처럼 터뜨린다.

　　　　　　　　　　　　　　　　　—「노숙일기」 중에서

트럭과 택시와 오토바이, 그리고 21세기의 모든 속도 속에서

사내는 한 점의 핏방울마저 잃는다.

헬쑥한 사내를 위해

간밤 공장 숲에서 튀어나온 오소리 한 마리

차들이 잠깐 뜸한 틈을 타

사내의 냄새를 맡고 어슬렁거리다가

빨간 피를 부어주고 저만치 껍질만 남겼다.

사내는

오소리 한 마리의 피로는 어림없이 창백해

밤이면 멧돼지며 노루, 그리고 새들까지 피를 뿌려주고 간

다고 하니

　　　　　　　—「하얀 페인트로 남은 사내」 중에서

　시대의 상처이든 타인의 상처이든 상처에 주목하는 것은
'그'가 상처받았기 때문이다. 적어도 충격을 받았기 때문이
다. '그'는 물론 시적 주체이다. 전기철이다. 상처받지 않고
충격받지 않고 타인을 얘기할 수 없다. 시대를 얘기할 수 없
다. 다르게 얘기할 수 있다 : 시인은 '상처받기'의 명수이다.
상처받아 시를 쓴다. 상처받지 않은 이들에게 시를 게워낸다.
상처들을 보시라고, '상처' 때문에 상처받은 나를 보시라고,

나의 언어를 보시라고. 그들의 잠을 불안하게 한다. 그들의 잠을 설치게 한다. '상처'에 주목하게 한다. 혹은 상처 해소를 열망하게 한다.「하얀 페인트로 남은 사내」에서 "오소리" "멧돼지" "노루" "새" 들로 하여금 타인의 상처에 반응하게 한 것이 압권이다. 타인의 상처에 반응하지 않는 인간은 오소리, 멧돼지, 노루, 새만도 못한 존재라고 하고 있다.

참선 풍의 시편 하나가 있다.

계곡은 날을 가려서 울지 않고
새는 나무를 가려서 앉지 않아

—「콜라주」중에서

인간적인 삶은 자연적인 삶이다. 자연적인 삶은 분열하지 않는 삶이다. 혹은 분열을 의식하지 않는 삶이다. "날"을 의식하지 않고 "나무"를 의식하지 않는 삶이다. 날들은 천부적으로 같은 날이고, 나무들은 천부적으로 같은 나무이다. 니체식으로 말하면 디오니소스적 삶이다. 날을 전면적으로 긍정하는 것이다. 나무를 전면적으로 긍정하는 것이다. 내일을 의식하지 않는 것이다.

나가며

   '분열된 자아'의 원인은 욕망이다. 끊임없이 욕망을 일깨우는 대도시의 욕망이다. 주목되는 것은 욕망의 대상이 '여자'로도 나타난다는 것이다. 욕망을 부채질하는 것이 여자로도 나타난다는 것이다. 여자가 전기철의 욕망을 끊임없이 부채질한다는 것이다. 전기철을 한 군데 정박하지 못하게 한다는 것이다.

   욕망에도 물론 종착지가 있다. 현대 소비사회에서 욕망이 멈추는 것은 물론 생명이 멈출 때이다. 혹은 '로또 복권'에 당첨될 때라고 할 수 있다(실제 로또 복권에 당첨되어도 욕망은 멈추지 않겠지만). 전기철은 로또 복권 당첨을 욕망 소멸의 알레고리로 사용하고 있다.

    여자에게 가기 위해 해인행을 타야 한다.
    토요일 오후 네시 해인 가는 길
    그녀를 만나기 전 몇 겹
    (……)
    몇호선 전철을 타야 할지 모르고 있다가
    로또 복권을 산다.
    '자동번호로 주세요.'

"로또 복권" 당첨은 '미래의 일'이므로 엄밀하게 말하면 로또 복권 사는 행위가 욕망 소멸의 알레고리이다.

로또 복권을 '큰 여자' [7]에 대한 알레고리로 사용하였다고 할 수 있다. 문맥상 "몇호선 전철을 타야 할지 모"른다는 것을 어느 여자에게 가야 할지 모른다고 한 것으로 이해하는 것이다. '큰 여자'는 전기철의 욕망을 징벌하지 않는 여자이다.

전기철이 말하는 '큰 여자'가 욕망을 징벌하지 않는 여자라면, 욕망을 허용하는 여자라면, 전기철이 결국 의도한 것은 욕망의 소멸이 아니라, 욕망의 무한 추구라는 사실이 드러난다. 이 점에서 전기철의 미적 태도는 '미메시스의 변증법'이다. 미메시스의 변증법이란 不正의 시대에 不正을 不正 그 자체로 드러내는 것이다. 전기철은 욕망의 시대를 '욕망 추구의 자세'로 고발하였다.

---

7) 각주 2)참조.

아인슈타인의 달팽이

ⓒ 전기철 2006

초 판 인 쇄 │ 2006년 7월 31일
초 판 발 행 │ 2006년 8월 14일

지 은 이 │ 전기철
펴 낸 이 │ 강병선
책 임 편 집 │ 조연주 양수현
펴 낸 곳 │ (주)문학동네
출 판 등 록 │ 1993년 10월 22일 제406-2003-000045호

주   소 │ 413-756 경기도 파주시 교하읍 문발리 파주출판도시 513-8
전 자 우 편 │ editor@munhak.com
전 화 번 호 │ 031) 955-8888
팩   스 │ 031) 955-8855

ISBN 89-546-0168-5 02810

* 이 도서의 국립중앙도서관 출판시도서목록(CIP)은
  e-CIP 홈페이지(http://www.nl.go.kr/cip.php)에서 이용하실 수 있습니다.
  (CIP제어번호: CIP2006001608)

www.munhak.com

문학동네 시집